今、伝えたいことば 残したいことば

耳を澄ましてはじめの一歩に立ち返れ

康 光岐
Kou Mitsuki

風媒社

まえがき

我が国のご先祖さまは、春夏秋冬《はるなつあきふゆ》の四季が織りなす自然と向き合い、生きていく為に必要な、自然との約束事をことばに残して下さいました。

それは、全てに思いやり自然を畏れ敬う、澄み切った心で感じたことをです。

睦《むつ》み愛《あい》、許し愛、信じ愛、色々な愛で豊かな心を育み、お互いが活かし合う、大和の心、和の心、言霊《ことだま》の幸わう国のことをです。

最近、特に思い出されることがあります。それは父との「球投《たま》げ」です。

私は、昭和二十一年六月七日、歯科医の次女として生まれました。

おそらく、男子誕生を願っていただろう（?）両親の思いに応えるべく、近所の男の子たちを従えて、チャンバラ、冒険、探検、カウボーイ等々の、なんとかごっこに夢中で、陽が沈むのも忘れて遊んでいました。

そんな私に、父はよくキャッチボールをしてくれました。その時に培った体験が、私の大きな財産となり、まがりなりにも人さまの前で話をさせて頂けるのだと。

今から思えば球投げは、寡黙《かもく》な父の子育て方針だったように思えてなりません。

私は、球を投げる時、今やりたいこと、将来のことなど夢中で父に話しました。

その時父の、「今、素直な氣持ちを球に籠めて投げたように、大人になっても思いをことばに籠《こ》めて、相手の懐《ふところ》目がけて投げなさい。キャッチボールのように」と、言ったことばが、今でも鮮明に私の心に湧いてきます。

そして父は、「自分が関心を持ったことは一度経験して、興味がどんどん湧いて、心がワクワクしたら、一生それと関わり、自分の仕事にすると良い。その時に役にたつから、母さんに何でも相談しなさい」そんな父のことばが教訓となり、母の生き方が私の身体に染みこんで、私の体質となりました。

母の子育ては、何かをさせる時に「何々しなさい」と押しつけるのではなく、「何々なさい」と、言葉に丸みと優しさが籠められており、そんな母の温もりが懐かしく、私のふるさとになりました。子育て真っ最中の母の年齢を、遙かに超えてしまった今の私ですが、親から巣立った今でも「何々なさい」で培った土壌が、私の夢を育ててくれています。

あの頃の母が私の身体に染みこませてくれたことを、今、子育て真っ最中の人達に、お役にたてればとの思いから、「何々なさい」も、織り交ぜながら、「今、伝えておきたい、ご先祖さまが、思いを籠めたことば」の五十五項目を認《したた》めました。

そして童話は、ある時講演会で月にうさぎを描いた話をした時のこと、幼稚園くらいのお子さんが、「月にうさぎなんかいないよ！」、衝撃の一ことでした。こんな小さな子どもの心から月のうさぎが消えたのは、育てたお母さん方の心に、夢の種がないのでは？と感じ、魂消《たまげ》た日本人が増え続けないためにも、子どもたちのぽっかり穴のあいた心に、ご先祖さまの心を酌《く》んで注げば、弱った魂が甦《よみがえ》り、明るく元氣に生きて行ける。

だから今こそ、月のうさぎを呼び戻したい、そんな思いに駆られたからです。

月のうさぎの子ども、クムニーの名前は、昔は当たり前のように見えていた、自然の営みや人の温もり、情などの機微や相手の真心など、今では見えにくくなったものを酌む力を籠めた名前です。万物に霊魂が宿ると信じ、可畏《かしこ》きもの（人間の力及ばぬもの全て）に神様を観て祈りを捧げ、お米と共に一年を過ごしていたご先祖さまの考え方は、和（禾はいねの象形でお米を口にする）の心を大切にする麗しき日本のことを伝えるのに一番相応しいと考えています。

あなたの心の中に月のうさぎが甦る、そんな懐かしい声に耳を澄ましてみませんか。

ことばが懐に収まるように、声に出して読んでみて下さい。

挿し絵は自分色に輝かして頂けるように、塗り絵としてお使い下さい。あなたの心のふるさとが、あなたと一緒にいつまでも輝いていますようにと祈ります。

目次

第2章　明日も楽しみ！　53

第4章　月のしずくのお話です　107

第1章

宇宙で一番きれいな星

あんなに、キラキラ光ってる、
とってもきれいなあの星！
ねぇ、なんてえ星？

あれは、みんなの愛で動いてる、
地球っていう星だよ。
くるくる身体を動かしながら、
毎日、休まず働いている、
宇宙で一番、碧く輝くきれいな星さ。

天国に召され、地球をずっと見続けてきた、
ご先祖さまは、口を揃えて言うでしょう。

1　自分らしく輝いて活かし合う地球の色

碧《あお》く輝く地球の色は、
生命《いのち》を宿す力を籠《こめ》めて、ときめきを抱《いだ》く大海原の青色。
愛に応える力を籠めて、根っ子を育む大地の茶色。
潤し甦らせる力を籠めて、実をつける森の緑色。
自分の心に応える力を籠めて、活かし合う人たちの自分色。

これらの色が、地球を染めているんだよ。

それは、山も木も草も、花も虫も動物も、
みんなみんな自分の色を、より際だたせて活かし合う光。
それが一つになって、碧く輝く地球の色。

だから、自分らしくあれば、
光が差して輝きます。

2　地球は母なる大地です

天から雨が降ってきた、大地が雨を飲み込んだ。
雨をいっぱい飲んでたら、どんどんお腹が膨らんで、
大地にちっちゃな芽がでたよ。
天は雨を創り、降らすことが出来るんだ。
そして大地は、天に応えて、命を生み出すことが出来るんだ。

地球は愛がいっぱい籠められて、
お母さんのように温かい。

天からもらった愛を宿して、
生み育む力を持っている。

ご先祖さまたちは、額に汗水たらして、
土を耕し、その土と会話をしながら、
その芽を、コツコツ育てました。

その土壌で咲いた大輪《たいりん》の花を、
人は夢と言うのです。

3　お米は日本の宝物

日本では桜の木に宿る、とても美しい、
木花咲《このはなさく》耶《や》姫《ひめ》という神様がおられます。

桜の花が咲く頃、冬山に籠もられていた、
山の神様は、春を運んで桜の木に降りられます。
桜の木の下では、お酒やご馳走を持ち寄り、
春の訪れを、村中のみんなで祝います。
お花見は、糧《かて》を賜《たまわ》る田植えに先駆け、
神様に感謝し、稔りを祈る行事です。

山の神様が里に降り、田んぼの神様になられると、
籾蒔《もみま》きをして、田植えの季節を迎えます。
お百姓さんは、子どもを育てるように、
水は足りているか、草は伸びていないか、
虫に食われていないか、台風に負けないか、
目をかけ、愛をかけ、手塩にかけて稲を育てます。

お米は、可畏《かしこ》きものに祈りを捧《ささ》げる、お百姓さんの氣持ちと、
日本の風土を、たっぷり身体に籠めているから、
こめと名前が付けられました。

だからお米は、日本人の元氣の素。
そして、日本の宝です。

4　お百笑さん　ありがとう

春蒔いた籾は、ピチピチ元氣な苗となり、
お百姓さんが手植《たう》えをしているよ。
夏には、お天道様に力をもらって、
どんどん伸びろと背えくらべ。
秋には、稲穂がたわわに稔《みの》り、辺り一面黄金色。
冬には、お米の一粒一粒に、
新しい生命《いのち》をいっぱい籠めて、
早く来い来い、春よ来い！

お百姓さんは、春の季節に稔りを祈り、
秋の季節には、収穫を感謝し手を合わせ、
お米をせっせと作っています。
そんなお米は、お百姓さんの氣持ちと、
季節をたっぷり籠めて、すくすく元氣に育ちます。

御飯を食べると、
みんな和《なご》んで笑顔が溢れる。
お百姓さんは、いっぱい笑顔をくれるから、
お百笑さんって言うんだね。

ワァーイ！　ワァーイ！　お百姓さんありがとう！

5　願った人は努力を尽くして祈ります

春夏秋冬の、四季が織りなす自然から、
命を戴き、繋《つな》いできた命。
日本人なら誰でも、可畏《かしこ》きものに神を観て、
自然を畏《おそ》れ敬《うやま》う事は、当たり前でした。

ご先祖さまは、春に種を蒔き、
秋に自然から、糧を賜ることで、
春分の日には、秋の稔りを祈り、

秋分の日には、収穫の感謝を、
神さま、ご先祖さまに捧げました。

稔るとは、稲穂が頭《こうべ》を垂れます様にと、
念じる姿を、表わします。
祈るとは、手植《たう》えをして、
収穫までの、努力の証の両の手で、
柏手を打ち、感謝を籠めて、
両手を合わせる、姿を表わします。

だから、願った人は、
努力を尽くして、祈りましょう。

6　掌《たなごころ》はお母さんの懐《ふところ》のように温かです

相手の氣持ちに応えたい、
そんな、真心籠めたお付き合い。

それは、大切な水を、手のひらで掬《すく》う時、
両手の十本の指を、しっかり閉じて酌《く》まないと、
水の仲間がこぼれ落ち、
二度と手のひらに、戻って来ない。

人の氣持ちも、片手で掴《つか》もうとすると、

手のひらから逃げ出してしまうもの。
掌《たなごころ》という愛の、手のひらの中に、
そっと真心を包んで、漏らさぬように、
誠実に対応しなければ、
真心を、酌み取る事は出来ません。

　手のひらには、
その人の心が宿っています。

痛い所に手を当てるのも、
傷の手当をする時も、
母さんの懐《ふところ》のような温もりの、
掌《たなごころ》があればこそ。

7 ふるさとは誰にでも懐《なつ》かしいもの

風に吹かれて、旅をした種が大地に眠り、
恵みの雨に起こされて、やがて地上に芽が顔を出す。
お天道様から力をもらって、大地に根を張り、
野辺《のべ》の花となり、群《むれ》をなして季節を彩ります。

ふるさとには、活かし合う愛があり、
そこには、鳥や魚、虫や動物に混じって、
子ども達が、隠れんぼや鬼ごっこをして、
寝ころんだり、川遊びをして泳いでいる。
それを見ている花たちは、

お天道様仰《あお》いで、両手を広げて笑っています。
そんな愛に溢れた自然の風景、優しい匂いや温もりを、
心にしっかりと、日本人なら培《つちか》っています。
当たり前のことが、幸せだと感じる、
愛に満ちた心を、育ててくれたふるさとが、
どの人の心にも身体にも、染《し》みついています。

日本人の心には、母さんの懐のような、温もりを宿して、
安心を生み、育てる拠《よ》り所《どころ》、ふるさとがあり。
そこには、愛をいっぱい籠めた袋を持って、
優しい笑顔の、お袋さんがいるのです。

だから、ふるさとは、誰にでも懐かしいもの。

8　日本は言霊《ことだま》の幸わう国

わたしたちの住むこの国は、
幸せなことを口にすれば、
そのことばが、幸せを呼ぶ国。

我々のご先祖さまは、
全てに思いやり、自然を畏れ敬う、
澄み切った心で感じたことを、
ことばに残して下さいました。

春夏秋冬の四季が、織りなす自然と向き合い、
生きて行くために必要な、自然との約束ことを、
何度も何度も話して下さいました。

沢山《たくさん》の人と出会い、
睦み愛、許し天意《あい》、信じ合うことを。

会い・愛・天意《あい》・合い
色々なあいで豊かな心を育み活かし合う、
大和の心・和の心・言霊の幸わう国のことを。

ご先祖さまの意思を継いで、
幸せを呼ぶ、ことばを口にしましょう。

9　大和の国は愛でいっぱい！

この国は、どんな時にも、
共に支え合う国。
お互いを思いやる、愛に溢れて、
活かし合う国。
睦み愛、許し愛、信じ愛、
そんな、豊かな心を育てる国。

だから、この国の幸せ創りは、

夢と、希望に燃えて、
毎日を、充実させること。

明るく楽しく、笑顔を忘れず、
仕事を活かし合う人たちで、
大きな和みの、輪を創ること。
それが、大和の仕合わせ創りです。

こんな麗しき日本の国を、
日本人なら、誰もが誇りに思います。

10 感謝しているから相手の氣持ちに応えたい

目に見える物の、奥にある、
目に見えない力で、動かされ、
悦《よろこ》びを感じた時、
人は誰でも、頭を下げたくなるものです。

八百万の神々や、ご先祖さまたちの見えない力。
直《す》ぐ目の前で、力を貸してくれた人。
遠く見えない所で、応援してくれた人。

そんな、いっぱいいっぱいの、お陰さまたちに、
心から、ありがとうの、氣持ちを伝えたい。
それは、
この世が必要として、求めてくれた、
自分の命を輝かせ、
自分らしく生きて、命を使いきること。
そして、
相手の氣持ちに応えること。

11　自分色に輝いて　明日も楽しみ！

たった一度の人生だから、
この先悔《く》いのないように、
今を活かして、わたしは生きる。

今、その時、その場所で、
わたしの、出来ること見つけました。
今、その時、その場所が、
わたしに悦んで、光を返してくれました。

今、その時、その場所は、
わたしの心と身体を、活かしてくれます。
今、その時、その場所に、
明かりが差して、明日へと続く道筋が見えました。

そして、
今、その時、その場所と、
わたしと仲間は、互いに活かし合いながら、
明日も楽しみって、自分色に輝いています。

月からクムニーがやってきた

1　宇宙で一番きれいな星

昔々、遙《はる》かはるか遠い月に、うさぎの一家が住んでいました。
うさぎの家族は、夜空にちりばめられた星たちを、家族揃《そろ》って見るのが大好き！
ホラ、見てご覧《らん》なさい。
お爺ちゃん、お婆ちゃん、お父さん、お母さん。
アラ？　子どものうさぎのクムニーがいませんよ。
「ねぇねぇ母さん、ぼくを置いてかないで！」
甘えん坊のクムニーが、母さん目がけて、
ダッ！ダッ！ダッ！ダッ！ダッ！と、猛ダッシュ。
うさぎの家族が、みんな揃ったところで、ホラ、今夜も、夜空にまたたく星たちを、
時間の経《た》つのも忘れて、見とれていますよ。

子どものうさぎのクムニーが、声を弾《はず》ませ聞きました。

「ねぇねぇ母さん！あんなにキラキラ光ってる、とっても、とってもきれいなあの星！　ねぇねぇ、なんてぇ星？」

お母さんうさぎは、星を見つめながらニッコリ笑って言いました。

「あの星？　とってもきれいでしょう。あれは地球っていう星よ」

お母さんうさぎは、少し興奮氣味《こうふんぎみ》に、くるくる身体《からだ》を回してみせながら、嬉《うれ》しそうにお話しします。

「あの星はね、ホラ！こうやって、自分でくるくるくるくる、身体を動かしながら、ずっとず～と昔から旅をしている、宇宙でどの星よりも、豊かな水に恵まれた、碧《あお》く輝くきれいな星なのよ」

二人の様子を見ていたお父さんうさぎは、じっと地球を見つめて言いました。

「そうさクムニー、父さんがまだおまえの歳《とし》くらいに、父さんの爺《じい》ちゃんに、よくせがんで地球の話を聞いたもんだ」

お爺ちゃんうさぎと、お婆《ばあ》ちゃんうさぎは微笑《ほほえ》んで、優《やさ》しくお父さんうさぎを見つ

めます。

クムニーは、お母さんうさぎの懐《ふところ》に、ピョンと抱かれて、耳をピクリとさせながら、お父さんうさぎに目をやります。

お父さんうさぎは、耳をピクリとさせながら、自慢《じまん》げに話を続けます
「あんなに碧く輝いていた地球が、突然暗い顔して泣き出したんだ。月の神様は心配なさって、今すぐあの星の輝きを、取り戻して来なさいって、大爺ちゃんに言ったのさ」

お父さんうさぎの話に、クムニーの心は弾みます。

「ねぇねぇ、それで大爺ちゃんはどうしたの？」

お婆ちゃんうさぎは、笑いながらクムニーに言います。

「クムニー、少しは落ち着きなさいな」

お父さんうさぎは、ますます得意顔《とくいげ》で話を続けます。

「そりゃあ勿論《もちろん》、地球に出掛けたよ」

クムニーは、お父さんうさぎを急かします。

「ねぇねぇ、それで！」

お父さんうさぎは、満足そうに地球を見つめながら言いました。

「勿論、地球は碧く広がる大海原と、緑の森におおわれた、大地を取り戻したんだ」

お父さんうさぎは、地球を指さしながら言いました。

「ホラ！あの通り、今では碧く輝く、宇宙で一番きれいな星だろ」

お爺ちゃんうさぎと、お婆ちゃんうさぎは、とても満足気に三人を見つめています。


クムニーは、地球の碧さに心がワクワク。

お母さんうさぎの懐から、ピョンと飛び降りて、目をキラキラさせて言いました。

「ぼく、地球へ遊びに行ってくる！」

お母さんうさぎはびっくりして、クムニーを引き止めます。

「駄目《だめ》よだめだめ！　あんなに遠い地球に、甘えん坊のクムニーを、一人で行かせられないわ」

お父さんうさぎも慌てて、クムニーを引き止めます。

「そりゃあ駄目さ、一人で行くには、地球はまだまだ遠すぎる」

地球の碧さに夢中のクムニーには、お父さんうさぎと、お母さんうさぎの声は、耳に届きません。

クムニーは目を輝かせて、一目散に駆け出して行きました。

「心配しないで！　すぐに帰ってくるよ！」

2　地球は母さんみたいに温かい

月のしずくのロケットが、木の葉にキラッと舞《ま》い降りても、お天道様《てんとうさま》の温《ぬく》もりで、クムニーはスヤスヤ夢の中。

東風が春を誘《さそ》ってフアッと優しく、クムニーを地面に運んで起こします。

「クムニー、起きなさい」

遠くで稲光《いなびかり》がして、ゴロゴロ雷《かみなり》が泣き出すと、雨がザーザー降ってきて、クムニーの顔を叩《たた》いて起こします。

「クムニー、濡《ぬ》れちゃうぞー！　早く目を覚《さ》ませー！」

目を覚ましたクムニーは、小さく身体を丸め、慌《あわ》てて木陰《こかげ》に飛び込み雨宿《やど》り。

クムニーが、地面を見ていると、雨を、ゴックンゴックン飲んでます。

地面が雨をいっぱいいっぱい飲んだら、お腹《なか》がどんどんどんどん膨《ふく》らみました。

よくよく地面を見てみると、ちっちゃなちっちゃな芽が笑っています。

クムニーは目をまん丸くして、不思議《ふしぎ》そうに芽を見ていると、あっちの地面からも、こっちの地面からも、芽がニョキニョキ元氣よく、顔を出してきました。

「あぁびっくりした！　きみたち急に顔を出すから、ぼく驚いちゃったよ」

クムニーの仕草が可笑《おか》しくて、花や草の芽たちが、お腹を抱えて笑います。

クムニーは、みんなが笑うのを見て嬉しくなりました。

「ねぇ君たち、雨と大地が仲良しで良かったね」

両手を目一杯、高く伸ばし背伸びをして、花や草の芽に言いました。

「もっと、も～っと大きくなりなよ」

クムニーは、菜の花畑をピョンピョン、ピョンピョン跳《は》ねたり、ゴローリゴロゴロ寝ころんだり、とっても楽しそうです。

「ワーイ！　母さんみたいに、優しい匂《にお》いがするよ」

「ワーイ！　母さんみたいに、温《あたた》かだよ」

野辺《のべ》に敷《し》き詰められた、草花のじゅうたんは、まるで、お母さんの懐のように、クムニーを甘く包んでくれます。

3　ぼくもう泣かないよ

お天道様は雲のすき間をこじ開け、クムニーの濡れた身体を、乾かしてやりました。

クムニーの身体が、ポカポカ温かになる頃、お天道様が言いました。

「さあ、わたしが見ているうちに、早く山へ帰りなさい」

クムニーはキョトンとして、お天道様を見ています。

「山の中なら安心して眠れるから、今夜眠る家を、自分で造りなさい」

クムニーの目が、赤く潤《うる》んでとうとう泣き出しました。

「ぼく怖《こわ》いよ、それにお家なんか作れっこないよ〜！」

クムニーは大きな声で、ワーワー泣いてます。

「母さん！母さん！　恐《こわ》いよ！」

お天道様は、少しきつい口調で言いました。

「お父さんとお母さんが、止めるのも聞かないで、地球にやって来たんだろう？」

クムニーは、拳《こぶし》で涙を拭《ふ》きながら、コクンと頷《うなず》きます。

「自分のことは、自分でやる癖《くせ》をつけなくては、お父さん、お母さんが心配するぞ」

クムニーは涙をこらえながら、お天道様に言いました。

「ごめんなさい。ぼく、もう泣かないよ」

クムニーを見ていた、花や草の芽たちが、手を叩いて元氣をくれます。

「クムニー、わたしたちもお母さんと離れ、春風に吹かれて、旅をしながらここにきたのよ、だから、がんばって！」

「ぼくたちお天道様に力をいっぱいもらい、大地に根っ子をはって、いたずら小《こ》憎《ぞう》が引っ張っても、力くらべじゃ負けないよ、だから、クムニーも負けるな！」

「クムニー、ぼくたちいつまでも友達だよ！」

「クムニー、君のふるさとはここだよ、恋しくなったら遊びにおいで！」

花や草の芽たちが、一斉《いっせい》に背伸びをして、クムニーとお別《わか》れします。

クムニーも、力いっぱい手を振ります。

「さようなら！　きみたちのことぜったい忘れないよ。

優しくしてくれてありがとう！

元氣をくれてありがとう！

仲良くしてくれてありがとう！　勇氣をくれてありがとう！

クムニーは、何度もなんども振り向きながら、ピョンピョン、ピョンピョン、山の中に走って行きました。

4　お天道様ありがとう

クムニーが山の中をどんどん走って行くと、辺《あた》りがだんだん薄暗くなってきました。

水の流れる音が、サラサラサラ、サラサラサラ。

クムニーは走り続けて、もうのどがカラカラ。

クムニーが立ち止まって、辺りをキョロキョロ見渡し、音のする方へ行くと、コンコンと湧《わ》き水が流れています。

手のひらの指をぴったりつけて、クムニーは水をていねいに酌《く》み、のどをならしてゴクンゴクン、何度もなんども飲みました。
冷たい湧き水は、とっても甘くてのどを潤《うるお》し、心に元氣がムクムク湧いてきました。
「ぼく、もう怖くなんかないぞ！」
クムニーは、緑の草に身体をくるんで、今夜は眠ることに決めました。
それを見ていたお天道様は、ホッとなさって言いました。
「そろそろわたしも、家に帰ることにしよう。暖かくして眠るんだよ」
お天道様は、西のお山に帰って行きました。
クムニーは元氣いっぱい、大きな声でお天道様に言いました。
「お天道様、ありがとう！　地球ってとっても温かくて、母さんみたい。だから
みんなみんな優しいんだね」
クムニーは、お天道様の姿が見えなくなるまで、手を振って見送ります。
お母さんの懐のように、優しい匂いや温もりの草に、クムニーは包まれ安心して、
スヤスヤ、スヤスヤ夢の中。
夜空に浮かんだ、まん丸お月様には、お父さんうさぎと、お母さんうさぎが、ほ

っと胸をなでおろして、クムニーを見ています。

「おやすみクムニー、風邪《かぜ》をひかないように暖かくして眠るのよ」

お母さんうさぎの、優しい声が聞こえます。

「おやすみクムニー、明日も勇氣を出して、地球の光を観《み》るんだよ」

お父さんうさぎの、力強い声が聞こえてきます。

第2章

明日も楽しみ

人は誰でも、その人にしか宿さない、
夢を、この世で咲かすため、
命の種を賜り、生まれてきました。

響く心、弾む心、湧く心、
感じる心に、素直に応えて、
心が悦ぶことを味わい、
今日一日を充実させて、
明日も楽しみ！って、
自分らしく、輝いて生きること。

賜った、命の種を育み、
あなた色の、花を咲かせて、
沢山のお陰様に、感謝して応えましょう。

12 ワクワクって湧く湧く
だから湧くワクワクしよう！

降り注ぐ雨を、森が飲み込み木を育て、
尽きることなく、水が湧いてくるのも、
その山が生きているから、全てのものを活かしてくれます。

人も生きているから、自分も周りも活かすのです。
今日自分が笑顔でいられたら、明日は誰かの笑顔と。
今日ちょっぴり楽しければ、明日はもうちょっと楽しく。
毎日コツコツ、楽しいことを自分で育てて、自分らしさを見つけると、必ず明日が応えてくれる。
すると力が湧いて、勇氣が生まれ、
自分を信じる、自信が湧いてくる。

明日からは、誰かに感心を持ち、
固い絆で手と手を結び、大きな輪へと繋《つな》いで行けば、
和みの世界が広がって、
明日も楽しみって、心がワクワクします！

ワクワクって、今まで感じたことのない、
熱い想いが湧いてくるから、湧くワクって言うのです。
湧くワクって、
頭で判断するのではなく、心が感じることなんです。

13　ワクワク生きてる　湧いてきたことば

きみの欲しい氣持ちを、両手で酌み取り、
誰よりも早く、ワクワク生きてることば、
きみの懐めがけて、投げられたらいいな。

きみの心が、勇氣で膨らむ、
今必要な、ワクワク生きてることば、
両手にいっぱい、持ってたらいいな。

きみの心が、楽しくなって、
愉快なダンスを踊り出す、ワクワク生きてることば、
きみの懐めがけて、投げられたらいいな。

きみの心が湧くワク弾んで、力強く歩いて行ける。
そうなれたら、嬉しいなあ。

お月さまは、ニッコリ笑って言いました。
ことばは生《なま》もの。
きみの心が空《す》いて、ペコペコだったら、
湧くワク生きてる、とれたてのことば、
パクリと一口、食べてごらん。

14 ありがとうが自然に湧いてくる

どんな、時でも。

［あ］諦めない。
［り］理屈並べず。
［が］我を張らず。
［と］共に活かし合えば。
［う］運が開いて、嬉しい氣持ちが湧いてくる。

ありがとうには、
そんな思いが籠められている。

想いがだんだん形になって、心が悦びを味わうと、
感謝の氣持ちが、ことばとなって、
心を籠めた、ありがとうが自然に湧いてくる。

15 自分を信じる自信が湧いてきた

あなたの自信は、誰かと比較して、
生まれてきた、自信ではないですか？
その自信は、自分の驕《おご》りで、
誰かによって、打ち消されるのです。

真《まこと》の自信は、
自分自身から、生まれるもの。

夢に向かって、
今、やれることを、精一杯やり抜いた人。
毎日コツコツ歩き続けて、
足跡を残した人。

そんな努力を、惜しまぬ人たちが、
自分を信じて、自分の限界に臨むのです。

だから、
自分を信じる、
本当の自信を、持つと強いのです。

16 信頼《しんらい》されるそんな人でいたいです

どんな時にも、神様を敬い、
感謝の氣持ちが、変わらない人は、
その想いに、神様が応えてくれます。

どんな時にも、神様を信じ、
努力を尽くして、一心に手を合わせる人は、
神様から頼られて、神頼《しんらい》される人。

自分の都合で、
近づいたり、離れたりする人は、
身勝手《みがって》で、願う時だけ手を合し、
努力もせずに、後は忘れて知らん顔。
みが勝手に入って来る神頼《かみだの》み。

どんな時にも、
距離を変えずに、付き合う人は、
誰からも愛されて、信頼される人。

17 楽しく働けば　側《はた》が楽《らく》になる

人は誰でも、この世が必要として、
生かされている、この生命《いのち》。

だから、自分の命を活かす、
仕事を見つけて働きましょう。

自分らしく、活き活き輝き、
楽しみながら、働くことが、

自分を活かし、まわりを活かすこと。
自分が、働くことで、側が楽になる人が、
いっぱい、いると嬉しいな。

今、あなたが働くことで、
まわりに笑顔が溢れ、
楽しく側楽人《はたらく》が、いっぱいですか。

18 御縁《ごえん》が水の波に乗ってやって来た

水面に石【意志】を投げたら、
円【縁】が生まれました。

小さなそのわが広がって、
水の波がお喋りしてる。
話・話・話と楽しそう。

水面はゆらゆら広がって、

水の波が和んでる。
和・和・和と嬉しそう。
水面に波が消えないうちに、
水の波が輪になって、
輪・輪・輪と手を結ぶ。
ホラ！水波《すいは》の御縁がやって来た。

19　活かし合って　豊かになろうよ

柱と屋根が、争っています。
柱は、屋根が邪魔をして、伸びられないと喚《わめ》いてる！
屋根は、柱が邪魔をして、降りられないと叫んでる！
家の中では、自分勝手な、貧しい家族が大喧嘩。

柱と屋根が、活かし愛ます。
柱は、屋根のお陰で、雨や風がしのげるよ。
屋根は、柱が支えてくれるから、安心して高い所に居られるさ。

家の中では、活かし合う、豊かな家族の笑い声。

お互いが、相手を必要として、
活かし合えば、どんどん豊かになっていく。
だから経済だって、
この家のように、愛があれば、
もっともっと、豊かになるのにね。

20 日本の経済は愛が育ててきたのです

グローバルスタンダード（世界標準）という、
言葉に振り回されて、
市場競争に打ち勝つために、
忘れてしまった、ことばがあります。
それは「愛」です。
睦み合い、信じ合い、許し合い、
日本の活かし合う、
慈悲《じひ》の心が籠められた「愛」です。

利益《りえき》を上げることを考えて、
心を無くした、魂消《たまげ》た日本人は、
利益に籠めた、
ご先祖さまの思いを酌み取って欲しい。
利益とは、
誰かが一方的に利を受けるのではなく、
世の中全てに、利が得られる、
御利益《ごりやく》からきていることを。

咲き乱れる枝葉に現《うつつ》を抜かし、
根っ子の愛を忘れていませんか。
日本の国に根付いた、価値観が大切なはずです。

21

必要な人を必要な処《ところ》へ

お店に、引っぱられるのか、
自分が、引きずり込まれるのか、
とっても、氣を引く、お店があります。

コーヒーを、たてるのが、
とても旨くて、粋な人。

極上のコーヒーの、風格を装う、

器選びの上手い人。
絶品《ぜっぴん》のコーヒーは、あなたのために生まれてきたわ、
そんな氣持ちも、一緒に運ぶ、
笑顔の、とっても似合う人。

人はそれぞれ、得手不得手を持っている。
一人一人が、持ってる得意を、出し合えば、
お店が、人の心を捕らえて、
お客様を引き寄せます。

22

六根清浄《ろっこんしょうじょう》がいつの間にかどっこいしょ

遙かとおい昔、我々のご先祖さまは、
山に登る時、六根清浄・六根清浄って、
唱えたことを、あなたは知っていますか?
山そのものが、ご神体で神さまだったあの頃は、
その聖域に、足を踏み入れるには、清浄でなければと考え、
我が身の罪穢れを祓い、清《さや》けでありたいと願い、
六根清浄と唱えることが、当たり前のことでした。

万物に霊魂が宿ると、信じた頃のご先祖さまは、

人間には限界があり、力の及ばぬことだらけ。
だから想定外が当たり前で、人知の及ばぬ可畏《かしこ》きものに、
神さまを観て、畏れ敬う氣持ちを、決して忘れませんでした。

では、どこで間違えたのかしら？
科学が発達し、人は万能であると思いこみ、
人間中心の世界観が、当たり前になった頃から。

我々のご先祖さまは、どんな時間《とき》にも、
身も心も環境も、清けであることが、明るい明日を迎え、
幸せを賜ることが出来ると、懸命に生きていました。
ご先祖さまの意思を継いで、
天晴《あっぱ》れ、あな面白《おもしろ》、あな手伸《たの》し、あな清《さや》け、おけ。

第3章

月のうさぎが消えちゃった！

遠い、とおい昔、月にうさぎが住んでたそうな。
誰に教えられたわけでもないのに、
誰もがみんなそう信じてた。

うさぎも、自分のお家が月だって、
ずっとずーと信じてた。

だけど、ある時夕陽が沈み、
遊び疲れて帰ってみれば、
うさぎの家は消えてたそうな。

そして、月のうさぎは、
月にも、みんなの心の中からも、
いつしか消えてしまったそうな。

23

大黒柱《だいこくばしら》が消えちゃった!

家にも、その家に住む人からも、
大黒柱が、消えちゃいました。

ねぇお父さん、いつから?
そんな弱音を、言うようになったのは。
子どもの自由を、尊重するなんて、
自分の好きなように、なさいなんて。

大黒柱としての、決断を下す負担を、子どもに押しつけて、
いつの間にか、親としての責任から、逃げ出しましたね。

ことの、良し悪しの分かる、子どもに育てるために、
親は一家が、幸せになる筋道をつけ、
責任をもって、意見を言い切ることが肝腎《かんじん》なはず。
それが家族を支える、大黒柱じゃないですか。

神様を一柱《ひとはしら》、二柱《ふたはしら》と数えるように、
柱には、神様が宿り、
家族の幸せを、見守り続けているのです。

24
勿体《もったい》ないから無駄にしないで！

ねえ、やめないで！

今まで、やってきたことを、途中で飽きて放り投げ、
止めてしまうほど、勿体ないことはないよ。
どんなことでも、コツコツ根氣で、一生やり続けたら、
必ず足跡がついて来るから、
無駄なことなど、何一つないよ。

あれも無駄、これも無駄、余計なことは一切しない。
どうせ無駄だからって、
何も経験しないほど、勿体ないことはないよ。

たった一度の人生だから、
大切な命を使いきろうよ。

あなたの命、活かしきらずに死ぬほど、
勿体ないことはないから。

ホラ、もう一度、諦めないで続けようよ。

25 改革って　根こそぎ変えないで！

ご先祖さまが、苦労して蒔いた、
種の名前、知っていますか？

今、時代に合わないからって、
根こそぎ、刈っちゃいけないよ！

ご先祖さまの、思いを酌み取り、
時代に相応《ふさわ》しい、手段を選び、

最初の思いを、受け継いで欲しい！

その種が、今でも枯れずに、
花を咲かせて、稔るのも、
最初の思いが、生きていたから、
今、あるのです。

日本の土壌には、
思いやる愛の心で、受け継がれてきた、
その種が、一番相応《ふさわ》しいのです。

26 間違いって　間違えてる！

間違いって、言われると、
途中で止めて、諦めていない？

それって間違っている。

間違いは、失敗や正しくないことじゃなくて、
間が違い、タイミングが合わなかっただけ。

諦めないで、
天の時、地の理、人の和を活かして、
環境を整えましょう。

そして、
氣が熟す、頃合いを見計らって、
間の良い時に、再度挑戦してみてよ。

一度や二度の挑戦で、
へこたれるな、くじけるな。
諦めないで、やりつづけたら、
きっと明日は、お天道様が笑ってる。

27

風格《ふうかく》を醸《かも》し出す人　周りにいますか？

あなたの指示なら、残業してでも、仕事をします。
どうか、この国のために、立候補して下さい。
あなたに、命を預けます。

近頃、滅多《めった》に聞けないことばです。

昔は、いたんですねぇ、その氣にさせる、
人格・風貌《ふうぼう》・オーラのある人が。

他人に、この人ならと思わせる、
らしさを、醸し出す人が。

自分色を、しっかり持ち、見えないものを酌み取って、
相手の心に入り込む、籠めた想いの熱い人。

立場に相応しい態度で、タイミング良く行動する。
そんな風格を醸し出す、
社長さん、政治家さん、監督さん。
あなたのまわりに、どれだけいますか？

28 なぜ〝氣〟が〝気〟に変わったの？

ねぇ、母さん、
いつから、氣が気になったの？
おじいちゃんも、おばあちゃんも言っているよ。

お米は命の源だって。

そんなお米を、お腹の中に入れていたから、
昔の人は、もっとず～と、元氣だったたって。

なのに、いつから？
氣が、気になって、お腹を〆《しめ》たのは。
氣を閉めたらよどんで、身体が弱くなり、
病気になっちゃうよ！

だから「気」は、やっぱり、「氣」だと、思うんだ。

29 頑固者《もん》には通れません！

穴の向こうで、
こっちへおいでと、呼んでいる。
そっちじゃ見えない、世界があるよ。
早く早くと、手招きしてる。
なんだかんだと、理屈を並べて、
なかなか行く氣になりません。

やっとの思いで、行く氣になったが、
頑固で、頭も、身体も、カッチカチ。

小さな穴は、とてもじゃないが通れません。

穴の向こうじゃ、呆れた顔で言っている。

枠を外して、頭を柔らかくすれば、
小さな穴も、簡単に通り、
明日に繋がる、扉が開いて、
世間がぐ〜んと広がるよ。

30 食べると食うは違うのです！

日本の秋は、飽食《ほうしょく》の飽きから、
名付けられたって、知っていましたか？

いつもは、お腹がペコペコだけど、
収穫の秋には、満腹するほど食べられる。
だから、秋と言うことばには、
ご先祖さまの、魂の悦びが溢れています。

自然を敬う、ご先祖さまは、

天から賜り、食べられる。
だから、食べるには、
賜る氣持ちが籠められて、
感謝の思いが溢れています。

だけど、食うには、
銜《くわ》えるから、出来たことばで、
感謝の思いがありません。

食べる時には、両手を合わせ、
全ての生命《いのち》を戴きますと、
感謝を表わしたいものですね。

31 子どもの頃の何故《なぜ》 忘れていませんか？

素直な子どもの頃の、
何故？
無邪氣な姿に光が当たり、
未来を拓く、好奇心の目。
キラキラ、輝いている。

疑い深い大人の、
何故？

邪気に阻《はば》まれ光が消えて
未来を閉ざす、疑惑心の目。
どんより、雲っている。

幾つもの不思議に、胸ときめかし、
目を見開いて、追いかけた。
あの、素直な子どもの頃の、
澄み切った、何故？
あなたも取り戻そう。

32 たった今を大切にして！

たった今の、この時間《とき》を、
後、後、後と、明日へ流さないで下さい。
今日という日は、あなたの夢が叶う、
ハレの日の、大切な準備の日。

今日と言う日の、この時間《とき》は、
二度と戻って来ないから、
どんなことでも、諦めないと誓いましょう。

迷わず、焦らず、根氣良く、
身の丈に合う、歩幅で足跡残して、
この時間《とき》を、明日に繋いで行きましょう。

夢に見合った器が整い、
立場に相応しくなれば、
あなたらしさを醸《かも》し出す。

だから、惜しまず全力使い切り、
たった今を大切にしよう。
夢が叶う、ハレの日のために。

33 〝平等〟ってなんか変！

お月さまが、嘆《なげ》いて言いました。
今ある環境が、良いのも悪いのも、
すべて、偶然なんかじゃあ、ないんだよ。
頑張った人は、その努力の分だけ、
形になって還《かえ》ってくる。
それが、自然の仕組みなんだよ。

なのに、どの人も同じ量だけ、

はい、どうぞ。
いつの間にか、人間社会の平等って、
どこか、変だと、思わないかい？

月のうさぎの、クムニーが言いました。
これじゃあ、やる氣が、どんどんなくなるよぉ～。
ねぇ、母さん、
ぼく、月のお家に帰りたい。

月のうさぎの、クムニーがべそをかいています。

月からクムニーがやって来た　Ⅱ

5　水さんと田んぼに出掛けよう

春が過ぎ夏が来て、クムニーは地球にも慣《な》れて、友達もいっぱい出来ました。

南風がギラギラ夏の暑さを連れてくると、クムニーは大粒の汗を吹き出し、ちょっぴり疲れ氣味。

クムニーが、ジャボジャボ川に入って、火照《ほて》った身体を冷《ひ》やしていると、川の水さんが話しかけてきました。

「おはよう！　クムニー、今からどこへ行くの？」

クムニーは、冷たい水が大好きです。

「おはよう！　水さんはどこへ行くの？」

水はクムニーを映《うつ》して、とても元氣です。

「ぼくを待ってる、お百姓《ひゃくしょう》さんの田んぼへ行くのさ」

流れる水は、首をかしげるクムニーを、映しながら誘います。

「ねぇクムニー、一緒にお百姓さんの田んぼにいかないか?」

クムニーは水に誘われて、お百姓さんが待つ田んぼへ、行くことにしました。

クムニーは、ピョンピョン、ピョンピョン、水と一緒に大はしゃぎ。

ピョンピョン、ピョンピョン、ピョンピョン、氣がつけば田んぼの中。

それを見ていたお百姓さん。

「こら! ここで遊んじゃ駄目だぞ、大きくなろうと頑張《がんば》っている、稲穂《いなほ》が痛いって泣いているぞ、おまえだって踏《ふ》まれたら、痛いだろうが」

コクンと頷《うなず》き、クムニーは急いであぜ道に出ました。

「ごめんね、稲穂さん。ぼく、もう田んぼの中で遊ばないよ」

クムニーは、田んぼの中のお百姓さんが、不

思議でなりません。

「ねぇ、お爺《じい》ちゃんはなぜ？　田んぼに入っていいの？」

お百姓さんは苦笑《にがわら》いをして、話をしてくれました。

「爺ちゃんかい？　爺ちゃんはお米を作っているんだよ」

お百姓さんは田んぼから出て、あぜ道に腰を下ろします。

「冬の間山にいなさった神様は、春になると桜の木に降りてみえるんだ」

クムニーは、不思議そうに聞いています。

「桜が満開になると、村中のみんなが酒や食べ物を持ち寄り、桜の花の下で神様を囲んでお祝いするんじゃ。こうして花見が済むと山の神様は、田んぼの神様になって、田んぼを守って下さるんだよ」

クムニーは、お百姓さんの話に夢中です。

「田植えをする前に、わしら百姓は五穀《ごこく》の種を神様に供《そな》えて、秋にはいっぱい米が、採《と》れますようにと祈るんだよ」

クムニーに稲穂たちが、口を揃えて言いました。

「クムニー、ぼくらと一緒に背比《せいくら》べしよう！」

クムニーは、稲穂に誘われ大はしゃぎ。

「ねぇ、お爺ちゃん！ぼくと稲穂さんたちと、どっちの背が高い？」

クムニーと稲穂たちは、口々に競《きそ》い合います。

「ねぇ、クムニーより、ぼくたちの方が、ほら！ずっと高いよ」

クムニーは、思いっきり背伸びをして言いました。

「まだまだ稲穂さんに負けないぞ！」

お百姓さんは、とても嬉しそうに見つめています。

お百姓さんに、クムニーが言いました。

「ねぇ、お爺ちゃん！話しの続きを早く聞かせて」

お百姓さんは、大きく頷いて話を始めました。

クムニーは身を乗りだして、お百姓さんの話を聞いています。

「こうして田植えがすむと、田んぼに水は足りているか、草は伸びていないか、稲穂が虫に食われやしないか、台風に負けやしないか、まるでわしらの子どものように、毎日氣が氣じゃないんだ」

お百姓さんは、とっても優しい目で稲穂を見つめます。

「暑い夏には、お天道様から力をいっぱいもらって、どんどん伸びろと、声をかけてやるんだよ。だから夏は、たっぷり汗をかくくらい、暑くなくては困《こま》るんだ」

クムニーはお天道様に、両手を高くあげ、手を振りながら、大きな声で言いました。

「お天道様ありがとう！　稲穂さんたちに、明日もたっぷり力をあげてね」

6　お百姓さんは偉いんだ！

お百姓さんは、クムニーの仕草を見て、とても嬉しそうです。

「稔《みの》りの秋を迎えたら、よく頑張ったと、稲穂を誉めてやるんだ」

お百姓さんは、優しく稲穂をなでながら話をします。

「わしら百姓が手塩《てしお》にかけて、育てた米を神様に供えて、鎮守《ちんじゅ》の杜《もり》のお祭りを、村中のみんなで祝うんだよ」

お百姓さんは、満足そうに笑います。

「寒い冬の間、山に帰った神様は、米の一粒ひとつぶに、新しい生命を籠めて下さるから、こめって名前がつけられたのさ」

水をピチャピチャさせながら、クムニーは手を叩いて悦びます。

「春よ来い来い、早く来いって、みんなで春を呼ぶんだね」

お百姓さんも、クムニーや水と一緒になって言いました。

「そうさ、季節をたっぷり身体に籠《こ》めた、米といっしょに村の者は、早く来いこい、春よ来いって、寒い冬を過ごすんだ」

クムニーは、目をまん丸くして言いました。

「へェ、地球の力ってすごいんだ、自然をたっぷり吸い込んで、元氣をいっぱいくれるお米を作っている、お百姓さんは、とってもとっても偉《えら》いんだね！」

二人を見ていた水は、ピョンピョン悦ぶクムニーと、お百姓さんを映して、とても嬉しそうです。

第4章

月のしずくのお話です

子どものうさぎの、クムニーが月に帰ったそうな。
地球に飽きて、帰ったそうな。
そして、うさぎのクムニーが、
昔のように、月から地球を見たそうな。

「ねぇねぇ、母さん、
あんなに、碧く、輝いていた、とってもきれいなあの星が、
暗い顔して、泣いてるよ」
クムニーは、目にいっぱい涙をためて、
「ねぇねぇ、母さん、
もう一度、あの、きれいな星が、見たいよぉ～」

それを見ていたお月さま、にっこり、笑って言いました。
「クムニーの涙が、月の雫となって、
再び、地球の輝きを、甦らしてあげなさい」

34 今こそ巣《す》に帰りなさい

野生の動物の巣作りは、
大事な我が子を、守るためのもの。
社会で生き抜く、術《すべ》を巣で培い、
一人前に育てるためのもの。

厳しいようでも、愛する子どもが、
道から逸《そ》れて、迷わぬように、
幸せを好む体質を、

家庭で育むことが肝腎です。

育むとは、羽包《はぐく》むことで、
親鳥が羽で雛《ひな》鳥を包む姿です。

ことの、善し悪しの定規を、
我が身に、付けた人たちが、
社会に、巣立って行くのです。

愛する氣持ちが、涸れてしまった人たちは、
今こそ巣に帰って、無くしたものを見つけなさい。

35

縁《えにし》の絆《きずな》を大切になさい

赤い糸は、神様が紡いで下さいます。

夫婦の絆、親子の絆、そんな大切な家族の絆。
愛し合う二人の絆、友達同士の絆、師弟の絆。
半分に切れた、糸を結べば一本の糸に、
だから心を籠めて、その糸を編むのを、忘れないで下さい。

それは、お母さんと結ばれていた、
臍《へそ》の緒《お》の先にある、先祖の意図《いと》［糸］のお陰様だから。

お母さんと、結ばれていた臍の緒は、
先祖の根っ子と、沢山の人（者）の意図（糸）を、
結んでいるから、臍の緒というのです。
みんなみんな、お母さんのお腹に生命《いのち》を宿し、
臍の緒のお陰様で、命を繋いでいたことを、忘れないで下さい。

命ある全てのものの、愛をもらったお陰で、
今あなたと、素敵な出会いが出来ました。
今日からは、あなたと私を繋ぐ糸（意図）も、
一緒に編んで行きます。
見えない方々の、豊かな力に、
素直な心で、いっぱい、いっぱい、ありがとう。

36 営みは先祖の意図を編みなさい

私たちの身体には、
ご先祖さまの、血が流れています。

汗と涙が染みこんだ、その血を何代もかけて、
あなたに、繋いで下さいました。
だからその血を、活かした生活を、
営むことが大切です。

ご先祖さまの、強い想い［意図］を酌み取って、
その意図（糸）を、編みつないでいくことが、
その家が栄える、営み（意図編《いとな》み）なんです。

その糸を、編むのを止めて、
ポッカリ、穴を空けないように、
ご先祖さまの、氣持ちを受け継いで、
編み続けていくことが、我が家の大切な営みです。

37 家庭は過程を大切になさい

我々日本人が、最も大切にし、育んできたのが稲作文化です。
だからお米作りの心が、身体に染み付いています。

季節の中で、自然（神様）に祈り、
そして自然（神様）に、感謝をしながら、
額に汗して、土地を耕し、種を蒔き、
四季折々を、過ごしてきました。

そんなご先祖さまの、暮らしの過程を培《つちか》う場所が、
幸せ家族の家庭です。

家庭という庭に、家族の夢の種を蒔き、
お母さんが真心籠めて、目をかけ手塩にかけて、
育てる過程が、大輪の花を咲かすのです。

当たり前のことが、幸せだと感じる習慣を躾て、
身に付けさせる、そんな過程を大切に、
根氣で糸編む［営む］家族がいてこそ、
幸せを呼ぶ家庭です。

38 親ならば子どもの躾《しつけ》をなさい

昔は、どこの家庭も手作りで、
温《ぬく》もりが、いっぱいありました。

洋服だって、お母さんが縫ってくれました。

身の丈に合った、綺麗《きれい》な晴れ着を縫う時は、
いつもと違って、仕付《しつ》け糸が縫ってあり、
その糸の上を針が、綺麗に通っていきました。

仕付け糸は、迷って横道に逸れないように、
道筋を付ける、大切な役目があるのです。

おじいちゃん、おばあちゃんから受け継いで、
身に付けた大切な教えを、
お父さん、お母さんが、大事な子どもに伝えてこそ、
親の躾ではないかしら。

今こそ、我が家の生き方を、
示す躾が必要です。

39 お母さんの懐で安心なさい

今の時代、地球に、世界に、この国に、
そして、我が家にだって、不安がいっぱいです。
まずは足元から、不安を取り除きましょう。

お母さんの、懐に抱《いだ》かれて、
安心して眠った、あの日のように、
優しいお母さんの、匂いや温もり、
家の中に、溢れていますか?

お母さん、家を留守にしても、
家の中に、お母さんの氣持ち、表していますか？

キッチン、リビング、寝室、子ども部屋、
そして玄関にだって、笑顔と一緒に温もりが、
いっぱい、いっぱい残っていますか？

うかんむり（家）の中に、女の心と書いて、
安心と言うように、
その家に、お母さんの愛の心が、活きていてこそ、
家族の安心が生まれます。

40

蛇口《じゃぐち》に籠めた心も水と一緒に酌みなさい

我が国が、豊かな水に恵まれたのは、
麗しき日本人の心と、景色があればこそ。

冬山に積もった、雪がとけて山肌に染み込み、
コンコンと湧き出る水が、旅に出るのです。
旅の途中に、蒸発して天に召されたり、
地下に落ち込んだり、草や木の根を潤したり、
動物に飲まれたり、水は命を削って、
やっとの思いで川に流れて、あなたの家に辿り着くのです。

ご先祖さまは、そんな水の思いを酌んで、
命の源の水に、感謝を籠めて、水神様《すいじんさま》の蛇に、
水道の口を、守って頂くことにしたのです。

水はこぼれ落ちたら、二度と戻って来ないのです。

両手の一〇本の指を、しっかり閉じて水を酌むように、
掌《たなごころ》という、愛の手のひらの中で、そっと水を包んで漏らさぬように、
水の命と、ご先祖さまの氣持ちをも酌み、
真心を籠めて、蛇口をひねりましょう。

哀しいけれど、麗しき日本の心を、無くした時は、
湧き水は涸《か》れ、汚染した水が、日本を飲み込むことになるでしょう。

41

身に付いた当たり前を見直しなさい

身に余るほどの、便利な道具は、
ご先祖さまの苦労から、生まれてきた大切な物。
しかし、それらに混じって、欲に駆られた、
どうでもいい物が、当たり前のように、
ゴロゴロその辺に、居座っています。

溢れるほどの物で、
本当の当たり前を見失い、

自分の心まで、忘れてしまった今。
ご先祖さまが、思いを籠めて、
命を宿した、本当に必要な物か。
命のない物に、惑わされていないか、
本当の当たり前を、
今こそ勇氣を出して、見直しましょう。

42 相手の氣持ちを思いやりなさい

相手の心を思いやることは、
とても難しいことです。

相手が望みもしないことを、
たとえ、一生懸命やったとしても、
余計なことをする、お節介者《もん》にすぎないし。

それだと、思いやりが、

いつの間にか、重い槍《やり》を、振り回して、
氣がつけば、相手も自分も、傷つくだけ。
これでは、ただただ、傍迷惑《はためいわく》と言われそう。

自分が満足するための、
想いを押しつけるのではなく、
相手の氣持ちを酌んで、
思いやる、愛の心を育てましょう。

43 受け継がれてきた物を大切になさい

アナログからデジタルへ、
時代が変わっていきました。

ソロバンの肩身が狭くなり、
家から姿を消しました。
机の上には、大きな顔して電卓が、
当たり前のように、居座っています。

ご先祖さまの生活は、

額に汗して、土地を耕し種を蒔き、
芽が出て花が咲き、やがて実を結ぶ。
そんな日本の、風土を大切にして、
過程を味わう、暮らしが染みついています。

モノ作りを経験して、悦びを味わうと、
モノに関心を持ち、興味が湧いて、
湧く湧く・ワクワク、工夫をするのです。

受け継がれてきた物には、
ご先祖さまの、想いが籠められて、
命が宿っているのです。

44 自分らしくあるために　あなたに相応しくなさい

物が溢れたすき間から、
苦しそうな、
悲鳴が聞こえます。

押しつぶされそう！

押し入れ・箪笥《たんす》・本棚・冷蔵庫・下駄箱の中、
家中、物・物・物で、溢れてなあい？

家に必要な物、
自分らしさを表現してくれる物。
そんな物が、この家に似合います。

整理・整頓・清掃、片付けて、
ここらで、ちょっと一休み。
心がホッ・我が家がホッ・物がホッ。

自分に相応しく片づいたら、
家も物も悦《よろこ》んで、
私、こんなに輝いてま〜す。

7　鎮守の杜のお祭りです

西風が澄《す》んだ秋を呼んで来ると、稲穂がたわわに稔り、当たり一面黄金《こがね》色に。

大空を赤とんぼが、氣持ち良さそうにスーイスイ。

「クムニー、一緒に遊ぼう」

クムニーは、赤とんぼと遊びながら、ピョンピョン大はしゃぎ。

「ワーイ！　ワーイ！　大地がキラキラ光ってる！　稲穂がいっぱい稔《みの》ってる！」

遠くで笛《ふえ》や太鼓《たいこ》の音が、ドンドンヒャララと楽しそう。

元氣な子どもの下駄《げた》の音が、カラコロカラコロ笑ってる。

鎮守《ちんじゅ》の杜《もり》のお祭りは、清々《すがすが》しくて氣持ちが良いです。

今年採れたお米が、神様に供えられ、キラキラ光っています。

神社の境内《けいだい》は、人・人・人の波。クムニーは、驚いて目がまん丸。

ねじりはちまきはっぴ姿で、御輿《みこし》を担《かつ》いで練り歩く、若い衆の勇ましい姿。

「ワッショイ！　ワッショイ！　祭りだワッショイ！」

クムニーも、ピョンピョンうかれて、氣がつけば歌ってる。

「ワッショイ！　ワッショイ！

大きな和を背負《しょ》い！　和背負《わっしょ》い！　和背負い！」

クムニーは、ピョンピョンピョンピョンピョン楽しくて、ワッショイ、ワッショイ踊ってる。

幸せいっぱいワクワク湧《わ》いてきて、村のみんなも上機嫌《きげん》。

「神様乗せた御輿を背負えば、みんなの氣持ちも、和《なご》んで和背負い！　和と和が馴染《なじ》んで、和・和・和と和んでる！」

クムニーは、ピョンピョン嬉しそう。

「神様乗せた御輿を背負えば、みんなの氣持ちも、和んで和背負い！　和と和が馴染んで、話・話・話と話してる！」

クムニーは、ピョンピョン楽しそう。

「神様乗せた御輿を背負えば、みんなの氣持ちも、和んで和背負い！　和と和が馴染んで、輪・輪・輪と手を結ぶ！」

クムニーは、村のみんなと、手をつなぎます。

「神様乗せた御輿を背負えば、みんなの氣持ちも、和んで和背負い！　ワッショイ！　和背負い！　和と和が馴染んで、大きな和となり、大和《やまと》の心が、汗といっしょに吹き出すぞ！」

神様を乗せた御輿を囲んで、笑顔の大きな輪が広がりました。

「クムニー、村のみんなが、秋の稔りは、自然からの賜《たま》わりものと、わたしに供えてくれるから、感謝の氣持ちに応《こた》えてあげようと、大地を黄金色に染《そ》めているのさ」

村のみんなに背負われた神様は、とても氣持ち良さそうに、クムニーに話し掛けてきました。

8 ほんわかあったか鏡餅

やがて、木々は葉を落とし草花は枯れ、南天《なんてん》の実が赤く色づく頃、里に北風がビユービユー吹いて、冬将軍《ふゆしょうぐん》がやって来ます。

山の峰《みね》は、まるで真っ白なコートを着たように、雪がこんもり被《かぶ》っています。

クムニーは、穴を掘《ほ》って作った家の中で、身体を丸めてブルブル震えています。

あっちの家の庭からも、こっちの家の庭からも、ペッタン、ペッタン、お餅《もち》をつく音に混じって、元氣な子どもたちの声が聞こえてきます。

「クムニー、早く!早く!　いっしょにお餅つきしよう」

クムニーは、みんなの声のする方へ、ピョンピョン駆けだして行きました。

子どもたちは、大きな声で唄います。

「ペッタン、ペッタンお餅つき、白くてまん丸柔らかい、みんな大好き鏡餅《かがみもち》」

クムニーも、仲間に入って唄います。

「ペッタン、ペッタンお餅つき、白くてまん丸柔らかで、ほんわかあったか鏡餅」

クムニーは、大きなきねを持ち上げて、力のかぎりお餅をつきます。

「ペッタン、ペッタンお餅つき、白くてまん丸柔らかで、粘《ねば》り強いお鏡さんは、みんなの氣持ちが映ってる」

縁側《えんがわ》ではお婆《ばあ》ちゃんが、つきたてのお餅を器用に丸めています。

「ホラ!見てごらん、白くて、まん丸くて、柔《やわ》らかな、ほんわかあったか鏡餅だよ」

クムニーも、お婆ちゃんの真似《まね》をして、お餅を丸めます。

「あっち!　お婆ちゃんあっついよ」

クムニーが、慌《あわ》ててお餅を手から離すと、お婆ちゃんは、心配そうに言いました。

「クムニー大丈夫《だいじょうぶ》かい？　すまなかったね。つきたてのお餅は熱いから、やけどしないようにって、お婆ちゃん、注意してあげなかったからね」

お婆ちゃんは、丸めた鏡餅をクムニーに手渡します。

「ホラ、丸めたお餅は、柔らかで、ほんわかあったかだよ」

クムニーは、こわごわ鏡餅を受け取り、ニッコリ笑って言いました。

「ねぇねぇ、お婆ちゃん、つきたてのお餅って、柔らかくて、あったかいから、ぼくのお母さんみたいだよ」

ホッと一安心のお婆ちゃんは、クムニーに言いました。

「そうだね、お母さんの懐みたいに、氣持ちが良いいね」

クムニーは、お餅を見つめて言いました。

「ねぇねぇ、お婆ちゃん、氣持ちって心でしょ？」

お婆ちゃんも、ニッコリ微笑んで言いました。

「ああ、そうだよ」

クムニーは、目をキラキラさせて大悦《よろこ》びです。

「ねぇねぇ、きっと月の神様も、月でぼくを待っている父さんも母さんも、ぼくの氣持ち知りたいよね？　そうだ！　ぼくの氣持ち伝えよう」

お婆ちゃんは、優しくクムニーに言いました。

「お鏡さんはクムニーの心を酌《く》んで、鏡のように映してくれるから、月の神様も、月でクムニーの帰りを待っている、お父さんもおかあさんも、きっと大好きだよ。だから、まん丸お月様に、お鏡さんをお供えしようね」

クムニーは、お餅をまるめながら、とってもとってもご満悦《まんえつ》。

9　地球のみんな　ありがとう！

クムニーは、空にお餅を差し出して、大きな声で言いました。

「夢をいっぱい膨らませ、白くて、まん丸柔らかで、粘り強いぼくの氣餅《きもち》だよ。

ねぇねぇ、神様、父さん、母さん、僕の氣もちどんな味？」

お婆ちゃんは、クムニーの可愛らしい仕草を見て、お米を手渡し言いました。

「みんなの氣持ちが、いっぱい籠《こ》めてある、この米を持って、早く月のお家にお帰り」

クムニーはピョンピョン、飛び上がって大悦《よろこ》びです。

「ワーイ！　お婆ちゃんありがとう。みんなの氣持ちが叶《かな》うといいね」

クムニーはピョコンと、お婆ちゃんに頭を下げて、
ダ！ダッ！ダッ！ダッ！と、猛ダッシュ。

「ねぇねぇ、父さん！　母さん！　みんなの夢をいっぱい持って、今すぐ月に帰るからね！」

地球のお友達も、大きく手を振り、クムニーを見送ります。

「ぼくたち、クムニーのこと絶対忘れないからね！さようなら！」

「クムニー必ずまた来てね！　待ってるからね！」

「クムニー！　ありがとう！　ぼくたちのこと忘れないでね！」

「さようなら！　さようなら！　さようなら！」

「さようなら！　地球のみんな、ぼくのこと忘れないでね！　さようなら！　地球のみんなありがとう！　ありがとう！」

クムニーも力いっぱい飛び跳《は》ねて、大きな声で応《こた》えます。

10　地球のみんな　見えてるかい！

クムニーは、鏡のようにキラキラ輝く、月のしずくのロケットに乗り込み、月に向かって出発です。

「地球のみんな、さようなら！　月からみんなを見てるからね！」

クムニーは、あふれる涙を、何度も拳《こぶし》で拭《ぬぐ》いながら、地球のみんなに応えます。

「みんなも月を見てね。月にはぼくが必ずいるよ！　いつもみんなを見てるからね！　地球のみんな、さようなら！地球のみんな、いっぱい、いっぱいありがとう！」

クムニーは、手を振る地球のお友達に、何度も何度も手を振り続けました。

「ねぇねぇ、父さん！　母さん！　地球はやっぱり、碧く輝く温かな星だよ」

クムニーは、お父さんうさぎと、お母さんうさぎが、首を長くして待っている、月に帰って行きました。

地球のみんな、お月様を見てごらん。お爺ちゃん、お婆ちゃん、お父さん、お母さん、子どものうさぎの一家が、いつものように、今夜も声を揃《そろ》えてお餅つき。

ホラ、クムニーの声が、耳を澄《す》ませば聞こえてくるよ。

「ペッタン、ペッタン、お餅つき、白くて、まん丸、柔らかで、みんなの氣持ちが籠《こ》められて、鏡のように映ってる、ほんわか温か鏡餅、地球のみんな見えてるかい！　夢をいっぱい、いっぱい膨らませ、まん丸お月様笑ってる。地球の良い子の、氣持ちが叶《かな》うようにと、まん丸お月様笑ってる」


今夜も、月に帰ったクムニーが、ペッタンペッタンお餅つき。

第5章

満　月

今夜は満月、
月のしずくで、
疲れた心に、潤い一滴如何です？

みんなの心に、
その氣が湧いて、
まん丸お月さん、笑ってる。

そろそろ、
月のうさぎのクムニーも、
帰って来たかしら？

45 甦《よみがえ》る力は素晴らしい！

お月さまは、月のうさぎのクムニーに語り始めました。
黄泉《よみ》の国から帰った、伊邪那岐《いざなぎ》の命《みこと》は、
黄泉の国で汚《けが》れた、御自分の身体を浄めるために、
筑紫《つくし》の日向《ひむか》の橘《たちばな》の小戸《おど》の阿波岐原《あわぎはら》にて、
禊《みそ》ぎを、お始めになられました。

そして、伊邪那岐の命が、
左の目を洗うと、太陽の神、天照大御神様《あまてらすおおみかみさま》が、
右の目を洗うと、月の神、月読《つきよみ》の命が、

最後に鼻を洗うと、須佐之男《すさのお》の命が、お生まれになりました。

今までに、生まれた、どの神々よりも、
光り輝き、生命力に溢れている、貴い神々でした。

お月さまは「古事記」を読み終えて、クムニーに言いました。
こうして、私が生まれて来たんだよ。

クムニーは、目を真っ赤にして、
すごい！
再び、息を吹き返す力は、とっても強いんだ。
ぼく、月の雫になって、
もう一度、地球に行ってくる。

46 夢と向き合えたらいいね

クムニーが、月の光を浴びてます。
お月さまが、クムニーに話しかけてきました。
心が夢に、向いているかい？
叶った時が、描けるかい？
その夢叶ったら、絶対幸せになるんだって、
強い信念持っているかい？
道に迷わないように、

きちんと計画たてたかい？
じゃあ、始めの一歩、踏み出す勇氣あるよね？

クムニーは、こくりと頷《うなず》きました。

お月さまは、にっこり笑って言いました。
どんな時にも、変わらない心で、
コツコツ歩き続けたら、必ず成果が顔を出すよ。
だから、
よそ見しないで、いつでも夢を！

47

夢は心の中に住んでるよ

クムニーが、夢中でお絵かきしています。

夢が心の中にいるから、
時間が経つのも、忘れて夢中になれる。

疲れるどころか、まだまだ時間が欲しい。

それは、心が楽しんでいるから。
自分の心と向き合い、心の真ん中をよ〜く観て、
子どもの頃を想い出し、心が悦ぶことを確かめてみよう。

きっとそこには、夢がいるから。

夢なんてない！
なんて言ってる人、命が勿体ない。

この世に、生まれてきたこの命、
この世の愛に応えなくては。
自分の命を運ぶ、心そのものがこの世の夢。
だから、自分の夢を叶えることこそ、
この世の愛に応えること。

だから、夢中になろう！
クムニーが、みんなを誘います。

48 氣の力って不思議だね

クムニーは、不思議でなりません。

きみの心の中に、氣が、どんどん入って来て、
心がパンパンに、なっている時。
目の前の、険しく高い山だって、
口を、あんぐりあいた谷底だって、
きみは、ぜんぜん怖がらないで、
夢に向かって、力強く歩いて行ける。

きみの心の中から、氣が、どんどん出て行くと、
心が萎んで、どれもこれも厚い壁。
いつの間にやら、力が抜けて、
足を引っぱり、氣が通せんぼ。

ねえぃ、どっちも、きみの心なの？

何度もクムニーは、聞きました。

49

素《す》氣《き》なこと見つけよう！

クムニーが言いました。
たった一度っきりの人生だから、
自分の素直な、氣持ちに応えよう。

自分を偽らず、周りを偽らず、心を澄まして、
響く心、弾む心、感じる心、湧く心を味わい、
自分の素直な、氣持ちに応えよう。

素直な氣持ち、
そう！　素直の素と、氣持ちの氣で、素氣《すき》。
だから素氣（好き）なこと見つけよう！

自分で楽しいことを見つけて、
心の真ん中にいる夢を、自分で育てる。
素直になると、自分の色が見えてくる。

クムニーが、大きな声で言いました。
だから、
素氣なこと見つけて、自分らしく輝こうよ。

50 きみの笑顔が一番好き！

クムニーが、話しかけてきました。

きみの一番好きな顔、
それは、笑っている時のきみの顔。

きみが、笑顔でいる時は、
ホラ！きみの周りは、
いつも人がいっぱいだよ。

きみに、笑顔がない時は、
ホラ！きみの周りから、
人がどんどん離れて行くよ。

だから、
きみの笑顔が一番好き。

ホラ！笑顔が笑顔を誘って、
きみのまわりが、
とっても輝いてるよ。

51 時の氣分を味わってみて！

時の速さは、心でこんなに違うもの。

心に潤い、コーヒータイム。
チークターク・チークターク、
時間が、ゆったり歩いてる。

心が元氣で、充実してる。
チクタク・チクタク、

時間と、息が合っている。
心の荷物が、吹き出しそう！
チッ・チッ・チッ・チッ
時間が、どんどん走って行く。

今のあなた、
心の秒針と、身体とが合っていますか？

52 夢に相応しい器を作りましょう！

身の丈に合う事をなさいって、
誰かが言ってる。

身の丈に合うものなんか、
夢って言わないぞって、
誰かが言ってる。

どっちが本当？

クムニーが言いました。
身の丈より、ずっとず～と大きいから、
夢って言うんだよ。
大きな夢がこぼれないように、
夢に見合った格を決め、
器を作ることが肝腎なのさ。

そうか！身の丈に合う歩幅で、
器作りを、コツコツ毎日やり続ければ、
夢に相応しい、品格が備わり、
デッカイ夢がいっぱい入る、
大きな器が出来るんだ。

53 和を背負《しょ》う祭で祝います！

日本人は、祭りが大好き。

ワッショイ！　ワッショイ！
祭りだ、ワッショイ！
御輿《みこし》を担ぐ、勇ましい声・声・声。
息もぴったし、
ワッショイ！　ワッショイ！
和背負《わしょ》い！　和背負い！　和背負い！

みんなの氣持ちも和んで、一つの和となり、
神様乗せた、御輿を背負って、
和背負い！　和背負い！　和背負い！
だんだん、大きな和となって、
大和の心が、汗と一緒に吹き出すぞ！

54 ハレの日には鏡餅で祝いましょう！

ペッタン、ペッタンお餅つき、心を籠めてお餅つき。
白くて、まん丸、柔らかで、ほんわか、あったか、鏡餅。

神様は、鏡みたいに、みんなの心が映ってる、
お鏡さんがだ〜い好き。
だから、おばあちゃんの口癖は、
ついたお餅は、神様と一緒に食べようね。

きっと神様は、みんなの氣持ち知りたいね。

そうだ！ハレの日は、
みんなの夢が籠められた、鏡餅でお祝いしよう。

夢を、いっぱいいいっぱい膨らませ、
白くて、まん丸、柔らかで、粘り強い、みんなの氣餅。
ねぇ、神様、みんなの氣持ちは、どんな味？
神様慶んで、みんなの氣持ち、食べてくれているかな？

55

繋がれてきた命の種が笑ってる！

過去から未来へ続く、一本の命の糸、
きみは、その一本の糸が見えますか。

過去を振り返れば、きみの足跡の遙か向こうにも、
きみと同じ足跡が、刻まれているのが見えますか。
強い絆で結ばれた、いくつもの命の種が繋がって、
きみの命へと辿り着いた、命の足跡の力強さを。

未来を見据えれば、きみの足跡の遙か彼方にも、
きみと同じ足跡が、刻まれて行くのが見えますか。
沢山の人と手を結び、悦びに弾む命の種が輝いて、
次の命へと繋いで行く、命の足跡のたくましさが。

ご先祖さまは、受け継がれてきた、命の種に感謝して、
お天道様の光と、澄み切った水を注いで、
絆を強く結び、未来に明るい希望を抱けと願い、
お天道様に祈りを捧げて、生きる力を、命の種に籠めました。

時間《とき》の流れのほんの一瞬、きみの命として賜った命の種は、
八百万の人々の、熱い想いを籠めて、

ホラ、お天道様仰《あお》いで笑ってる。
そんな強い命の種を、もらったのだから、
きみはどんな時にも、一人じゃない。
サァ！力強く、天を仰いで歩いて行こう。

あとがき

私は、古事記、並びに神話の世界、各地に伝わる風土記、又仏教と同時に朝鮮半島を経て中国から伝わり、日本の祭の大元とされる陰陽五行思想などから、日本の先人たちの心を酌み取り、これらを「やまと心」としてお伝えしております。

私たちのご先祖さまたちは、命がけで類い希なる豊潤な歴史と文化の国、日本を造って下さいました。全てのものに命が宿ると考えていたご先祖さまは、意思伝達に使うことばにも霊《たま》が存在すると捉え、言霊の力によって幸福がもたらされると信じて、観たこと、感じたこと、全てのことに氣持ちを籠め、ことばに命を宿して、我々子孫の懐目がけて投げて下さいました。

にもかかわらず私たち子孫は、自分たちの都合の良いように解釈し、地球上の物全てを支配したかのような振る舞いで、八百万の神々が宿るとされる自然や、自分のご先祖さまに、畏れや謝意をどこかに忘れてきてしまいました。

この度の東日本大震災という大変困難な背景を担った日本は、各国から礼儀正しさを賞賛されておりますが、ご先祖さまが大切に守ってきた風習、伝統文化を受け継ぎ、地域の絆を取り入れた生活を、当たり前のように暮らしておられる東北地方の方々だったからこそ、そして、「麗しき日本」を繋いで下さった、私たちのご先祖さま方の功徳と信用であり、敬う心を持つ文化を国家が大切に守ってきたからこそと思います。

震災からの復興は、ちょうど六十五年前の終戦からの復興の仕方の過ちを正し、各々が明るい日本の未来を見据えて、自然が求める立ち直り方が必要となります。

そのためにも、今こそ甦らせねばならないことがあります。それは、ご先祖さまが繋いできて下さった、山や川、木や風など全ての自然には命があり、命あるものには必ず心があると言うことです。そんな自然と真摯に向き合い、生きるために必要な自然との約束ことを、きちんと守ってきた日本人の、魂と精神性を湧かせることです。

満ちたら欠けるこれが自然の法則です。全てを失わないうちに、ご先祖さまが大切にしてきたことを思いやり、縁の糸を固く結び、機織りをしていかないと、あれほど美しかった布（麗しき日本の景色）に、穴を空けてしまうのです。

どのご先祖さまも怠ることなく、織り続けてくれたからこそ、今、私たち子孫が、恵まれた環境で生活していることを、決して忘れてはならないのです。

ご先祖さまたちが、当たり前のように観えていた、自然の営みや人の温もり、情などの機微を見る力が弱くなり、科学で証明されたものしか、我々の目には映らなくなってしまいました。全てが見えなくなる前に、親から子へ、そして、次の世代へと、語り継がれてきた日本の心、ふるさとの美しい景色を、未来の子供たちに語り伝えていくことを、雄々しい自然は求めているに違いありません。

麗しき日本の心を持つ人を、この世が必要としていることを、私だけでなくあなたも既に感じているはずです。

今、この本を手にして下さったあなたは、お母さん？お嬢さん？　それともお嫁さんかな？　いや、もしかして、お父さんかしら？　その立場に相応しい態度が、タイミング良く表現出来たら、きっとご先祖さまは大喜びなさるでしょう。そして、こんな素晴らしいことはありません。

月のしずくが降ってきて、あなたの心に月のうさぎが甦り、あなたが輝くことで、まわりも輝き、見えにくい未来に光が差して、「明日も楽しみ！」って、心湧くワクして下されば幸いです。

沢山の方々に支えられ、この本が生まれたお陰で、今あなたと素敵な出会いが出来ました。心から、いっぱいいっぱいありがとう！

康　光岐（こう・みつき）

創風作家・暦研究家。康光岐の名前は、ペンネームであり、「豊かな稲を抱える意（康）」と「分かれ道に光を射す（光岐）」という意味が籠められている。長年に渡り「日本の先人達が交わした、自然との約束事」に着目し、暦、古事記、陰陽五行思想、日本の行事から心を酌み取り作品に反映。精力的な作品発表、執筆、講演を続けている。
『康光岐・ことのはライブ』を各地ホール、美術館を中心に開催。
大丸松坂屋友の会カトレヤ文化教室、阪急梅田百貨店メンバーズルーム他定期講座開催。
著書『幸せを呼ぶ日本のしきたり』（中経出版）。
東海ラジオ「康光岐の心湧くワク愛ことば」のレギュラー出演、新聞への執筆など幅広く活躍している。
著者の公式ホームページ　http://www.ko-mitsuki.jp/
オフィス伊都岐（康光岐事務局）
〒460-0022 名古屋市中区金山 5-5-15
TEL052-881-1105

今、伝えたいことば　残したいことば
耳を澄ましてはじめの一歩に立ち返れ

2011 年 7 月 20 日　第 1 刷発行　（定価はカバーに表示してあります）

著　者　　康　光岐
発行者　　山口　章

発行所　名古屋市中区上前津 2-9-14　久野ビル
振替 00880-5-5616 電話 052-331-0008
http://www.fubaisha.com/
風媒社

乱丁・落丁本はお取り替えいたします。
＊印刷・製本／モリモト印刷
装幀◎伊藤あい